까치독사

까치독사

이 병 초 시 집

창비

차 례

제1부

봄산

저 초록색 갈피를 뒤적거리다보면 그 속엔 알 품는 까투리가 친정집 주소 적으려다 솔가지 못 빠져나간 반달을 베낄 것 같고

축축한 겨드랑이 말리며 열차 바퀴 소리를 가만가만 재우던 채송화는 어디에 피었나 깜짝 마실 나왔다가 연둣빛 부리를 내민 옥수수알을 반갑게 쪼아댈 것도 같고

송어회

송어를 근수 달아서 파는 초막집
도톰하게 썰려 접시에 깔린 붉은 살점들이
삐쳐서 꽉 다문 입술 같다
비린내 서린 꽃잎에 눈길 쏠리듯
살점에 쏠리는 입맛을 젓가락으로 집으려다보니
거기 박혀 금 그어진 실핏줄 무늬가
수평 잡힌 듯 팽팽하다
어딘가에 쏠리다 말았을 저 실핏줄 무늬
목 쉬다 쉬다 지쳤을
저 뼈 비린 줄금을 따라가다보면
삐뚤빼뚤 감겼다 되풀어지는
근수 모자라는 내 허기도 팽팽해지는가
도톰하게 썰린 살점들로 가지런해지는가
창밖에 버들가지들 새 물이 올랐다고
장끼도 꺼억꺽 목이 쉬었다

빛나는 시절

피해 갈 수 없을 만큼 온갖 꽃들이 피어
차창 밖은 신록이 녹음으로 번지는 빛나는 시절인데
벽제 화장터 팻말 밑에서 길이 꽉 막히네

장다리꽃 사이를 나풀거리는 노랑 하양 나비들이 뒤꿈치
로 까뭉개도 따라오는 이름들을 일렬횡대로 세우기도 하
고, 폐와 심장 어디께 꽉 짜부라져 있을 목숨 뒷면에 뭐가
적혔냐고 나풀거리며 이마빡을 자꾸 쓸어올리네

꽃을 보면 꽃이 되고
벌이 되고 나비가 되던 시절을,
남들 쉴 때 나도 쉬는 아름다운 세상을
길바닥에 짜악 찌크러버리고
길 떠나는 후배가 장다리꽃 속에서 손을 흔드네

엉덩이 뒤로 빼고 오줌이나 깔기던 토막들을 성냥개비처
럼 잘근잘근 씹어도 평생 오간 길이 제자리였다는 듯 앞뒤
꽉 막힌 차는 움직일 낌새가 없네

봄날

꽃부터 솎아야 한다고들 해서
가지가지 온통 하얀 사과꽃 앞에 섰는데
어떤 꽃을 솎아야 할지 잘 모르겠다
수정된 꽃인지 아닌지 도무지 알 수 없어서
너 통하였느냐 물어보려는 참인데
벌 한마리 꽃에 스미어 미동도 않는다
꽃이 손가락 끝을 세워
벌의 어딘가를 긁어대는지
사알살 긁고 긁힐수록 살은 파들거리며
머릿속의 무거운 것들이 시원하게 긁혀나오는
수상한 쾌감을 맛보는 건지
발소리 죽이고 어서 빠져나가야겠다 싶은데
어라, 사과나무에 실눈 뜬 새싹들
숨이 몽글몽글해졌다

까치독사

산과 산 사이 작은 마을 위쪽
칡넝쿨 걷어낸 뒤뙈기를 둘러보는데
밭의 경계 삼은 왕돌 그늘에 배 깔고
입을 쩍쩍 벌리는 까치독사 한마리
더 가까이 오면 독 묻은 이빨로
숨통을 물어뜯어버리겠다는 듯이
뒤로 물러설 줄도 모르고 내 낌새를 살핀다
누군가에게 되알지게 얻어터져
창자가 밖으로 쏟아질 것만 같은데
꺼낸 무기라는 게 기껏 제 목숨뿐인 저것이
네 일만은 아닌 것 같은 저것이
저만치 물러난 산그늘처럼 무겁다

송사리떼

산그림자 비친 못물 속에 벚꽃이 환하오

연습장에 끼적거린 글씨들처럼 갈피 못 잡는 송사리떼가 흰 꽃잎에 살짝 물린 연분홍에 홀려 몸뗑이째 들이받소 냅다 들이받고 이리저리 휘갈겨지는 몸짓들을 못물 속 뜬구름이 감싸주오

송사리들은 꽃잎 겹쳐진 때깔 속에 들어가 씨를 삐고 싶은지, 오죽잖은 글씨 휘갈기며 몸뗑이를 내뺐다간 꽃잎에 덴 듯 휘까닥 배를 뒤집곤 하오

송사리들에 홀려 겨우내 기역자로 휘어졌던 속이 펴지는 중이오

편지

흘겨만 봐도 깨져버릴 것 같은 이슬방울은 밤새 뭔가를 쓰다 만 종이쪽을 뒤로 감췄는지 동진강 잔물살을 눈썹에 매달았습니다

잔물살이 젖은 풀섶을 바라봅니다 풀잎에 튕기는 날빛을 혀로 감아 이슬방울의 귀밑 헌데며 어깨에 박힌 우두 자국이며 꼭 필요한 만큼만 움직이고 살자는 다짐을 손목 안쪽에 간직한 빗금들을 호! 불어주고 싶지만, 갯가 버려진 그물코에 감기는 물떼새 소리가 가만가만 귓전을 울릴 때마다 이슬방울은 눈을 질끈 감고 뒤 터진 기억 속에서 알몸으로 빠져나가겠지만, 잔물살은 눈도 못 맞추고 바람에 튼 햇살같이 볼이 땅겼습니다

조금만 일찍 눈을 떴더라면 모악산 위로 뻬친 햇살이 수만리 들판에 쫘악 깔려 파닥거리는 아침놀을 만났을 것입니다만, 무시래기 한바탕 지져댄 솥에 배도 안 딴 희뜩희뜩한 송사리들 양푼째 쏟고 자글자글 지지듯 웃통 벗은 가슴에 등짝에 국물 끓어넘치는 소리로 몸뗑이 지지듯 배도 안

딴 희뜩희뜩한 기억들이 날것으로 뒤엉켜 아침놀 친친 감은 비늘처럼 파닥거렸을 것입니다만

 소용없다고 일러도 잔물살은 이슬방울이 알몸으로 빠져나간 자리에 눈알 찌르는 이름을 뉘고 싶어서 숨소리 자박댑니다 글씨 한줄도 못 읽고 동동동 떠가는 꽃편지 회푸대 종이로 땜질한 어둠을 찍어 쓴 글씨들이 풀에 씻긴 맨종아리처럼 쓰라립니다

답장

라디오가 나를 물고 직직거린다
개 짖는 소리뿐인 산중에
사락사락 눈이 내린다
하루를 딱 닫아건 오리나무숲께로
마음만 갔다가 솔가리 타는 냄새에 에둘리어
뒤도 못 캐고 눈을 맞는 밤

몸이 작으니 물것들이 하도나 덤벼
여러 흉터를 남겼지만, 소주값이 더 들더라도
오늘밤만이라도 사람답게 좀 살자고
너나들이로 시간을 목구레에 가뒀던 내 본색이
서푼어치도 안된다는 게 가장 아팠다
이런 물짠 인심을 몸은 더 버틸 작정인지
나는 왠지 살고 싶었고
눈에 덮인 눈부신 아침을 그리워했다
더디게 타는 담배처럼 눈 내리는 밤
만두피같이 얇아진 마음 더는 터지지 말자고
고개 숙일수록 옆방 아줌마가 조심조심

물 끼얹는 소리는 뜨거운 혀끝이 되어
빗금 칠 수 없는 더운 피를
라디오가 물고 직직거리는 밤

하루를 딱 닫아건 천지를 열듯
마음 두꺼워지라는 듯
사락사락 실업수당 같은 눈이 내린다

참살(慘殺)

바닷속으로 터널도 뚫는 시절에
어떻게 304명이 바닷물에 갇혀 떼죽음당할 수 있느냐고
파도는 제 몸 이랑 이랑에 번뜩이는 촉기를
비수처럼 꺼내어 들고
저 뒤에서부터 몸을 날려
산산이 박살난다

이게 나라입니까? 우리가 먹잇감입니까! 팻말에 적힌 고
교생의 글씨가 바위를 내리찍으며 박살날 때마다 세월호 참
사가 아니라 '세월호 참살'이라고 피 마르는 팽목항

등짝 갈라지는 소리를 내며
파도의 살점이 튀어도
대가리에 폭약을 장착한 듯
"어쩔 수 없는 어른이 되지 않겠다"는 듯
갈기갈기 몸을 일으켜세웠다가
일직선으로 바위에 내리꽂히며
파도는 다시 박살난다

"구명조끼를 다 입었다던데 그렇게 찾기가 힘듭니까?"라
고 묻던
　　사라진 일곱시간과 학생들이 떼로 죽어가는데도
　　선장과 선원들은 죄다 탈출한 그 뻔뻔한
　　이유를 밝히는 데서부터 진실은 시작된다고
　　파도는 또 박살난다
　　뼈 비린 살점이 미치게 튄다

바람 소리

1

소금물로 목을 헹구고 아랫배에 힘을 모아 소리를
감았다 풀었다 조였다 늘이빼어 작신 비틀어도
목에서 피가 터지지 않았으므로

바람 소리는 안주머니에 군용 수저를 꽂고
월요일 새벽마다 나를
서울행 고속버스에 태웠다

새벽차 안 타도 갈 것은 가고 남을 것은 남겠지만
어느 요일에 내려올 것이며 누구랑
언제 어디서 먹고 마실 건지 따지다보면 잠이 쏟아지고
가슴에 이는 바람 소리가 잠결에도
이리저리 쏠리는 게 보였다
운일암반일암 계곡에 발을 헛디뎌 떠내려가다가
나무뿌리에 긁히는지 바위 밑에 처박히는지
정신없이 물살에 휩쓸리다가 흘낏
올려다본 하늘에 부르르 눈 뜨곤 했다

2

수십년을 같은 꿈이야 꾸었겠냐고
휴게소에서 멈췄던 버스는
토막잠을 떼내고 달렸다
자정 넘어까지 말품을 팔아야
빚도 갚고 먹고살 수 있다고
군용 수저로 파내던 밤을 떠올려도
배와 등이 맞붙어버린 바람 소리는 그치지 않았다
피 빨아 먹다 지쳐 날지조차 못하는 모기들을
라이터불로 지지던 그 새벽을 까뭉개며
쓸개간장을 더 빼줘야 한다는 듯
순 명령쪼로 쌔앵쌔앵 버스는 달렸다

저 미친 속도로 나는 카수가 되고 싶었다 반지하 합숙소
에서 칼잠을 자던 내 스무살, 누가 내 바지를 벗기고 뉘었
는지 술 냄새와 화장품 냄새가 지분거리는 어떤 여카수가
나를 품었는지 포근했던 그 품은 넓고도 깊었다 머리 위에

서 숨이 고르게 오갈 때마다 여카수 가슴이 이마에 닿았다 떨어지곤 했다 허벅지가 포개어져 맨살이 맞닿은 데마다 온기가 굼실거렸다 이런 품을 진작부터 알고 있었다는 듯, 이런 품속에서 살아봤다는 듯, 더러 공중전화 부스 안에서 날이 밝기를 기다렸던 내 스무살을 기다렸다는 듯 그 품은 빨판같이 내 몸을 감싸고 죄었다 그럴수록 나는 몸을 더 작게 말아서 여카수의 품속을 파고들었다 가슴 두근거리며 숨소리가 더워지기 시작했다 여카수는 잠결인 듯 나를 더 끌어안으며 숨을 가늘게 끊어 쉬었다 내 숨소리가 끈끈해지고 포개어진 살결이 뜨거워지고 오줌이 마려웠지만 엄지발가락을 교대로 문질러가며 그 품에서 몸을 빼낼 수가 없었다 아아 오선지에 끈적끈적 엉겨붙는 음표들은, 태산을 움켜쥐었다는 내 목소리는, 나에게 열광하는 수천수만의 관객은 어디에 있단 말이냐

　　시간과 속도를 장착한 버스는
　　악보를 돌돌돌 만 종이 뭉치로
　　내 머리를 까대며 식식거렸다

도돌이표 못 미쳐 조용조용히 숨을 얻은 불면증 같은, 구슬구슬 맺혀 샛눈 뜬 이슬문 털고 오소소 돋던 소름 같은, 흙 튀어 배긴 얼굴로 다가와 밥 먹었냐고 덜덜덜 떨던 할매의 눈빛 같은, 개 사타구니에 벼룩 끓듯 먹을 속이 똥속인 음표들을 매달고 버스는 쌔앵쌔앵 달렸다

다박솔 잔가지에 튼 멧새집

고 작고 알록달록한 멧새알들을

날름날름 집어삼킨 잠 덜 깬 바람 소리가

쉴 곳 찾아 말을 더듬거리며

차창 밖을 자꾸만 내다보았다

파도

모래언덕을 어깨에 두른 해당화 꽃그늘에 바람이 손을 슬쩍 넣으니 아쭈 아쭈, 쥐똥만 한 게 까분다면서도 꽃그늘은 물기 서린 기운을 가만히 쏘았다

못 먹는 감 찔러본다는 게 무슨 뜻인지조차 모르는 바람의 이력을 깔보듯 꽃그늘은 쉼 없이 꼼지락거리며 어디 해볼 테면 해보라고 잘게 썬 파도 갈기를 내보냈고

바람은 얼굴이 벌게져서 옴찔대는 파도 기척에 속절없이 한낮을 당하면서 목구멍으로 치솟는 고동 소리에 숨 막히어 뻥 뚫리고 싶은 달아오른 몸뚱이를 낑낑댔다

햇볕을 제대로 쬔 적 없는 살짝 튀어나온 젖니와 셀 수 없이 그어진 속주름을 데리고 꽃그늘이 바람에 물려 촉촉한 파도 갈기를 자꾸만 들이댔다

벌초

쪼그려앉은 다리를 폈다 접었다 하다가 아예 무릎 꿇고
낫으로 반뼘씩 잔디를 베며 땀에 절었다

반나절거리도 안된다더니 솔 그림자 길어지도록 일은 굶
지 않는다

무덤조차 없이 떠도는 혼백들에게 죄스런 낫질로 저녁놀
뭉개며 오는 땅거미까지 쳐내다보니

지친 숨 너머 혀끝으로 찍어내고 싶은 초저녁별이 돋는다

문신

바늘로 닭 피를 찍어
이마빡에 새겼다는 개 혓바닥 문신은
평소 아무 티가 없다가
술기 오를수록 벌겋게
맹독을 문 저주처럼 또렷해졌다
왜 하필 개 혓바닥이냐고 누가 묻자
옛날엔 전쟁터에서 제 시체 잊어먹지 말라고
먹으로 바늘뜸 뜬 게 문신이었다고
꼭 만나자는 약속도 없이
헐수할수없이 떠내려보낸 게 사람뿐이겠냐고
귓속에 자리 편 새소리
댓잎에 베여 사각거리는 바람 소리를
개 혓바닥처럼 쭈욱 들이켰다

그의 이력이 궁금한 사람들은 이마빡에 벌겋게 달아오른, 금방 튀어나올 것 같은 개 혓바닥을 보고 말도 못 꺼냈다 조폭들의 깡마른 세계보다 몇백배 더 지독한 데서 왔을 거라 짐작했다 글라스에 소주 채워지기 바쁘게 쭈욱 들이

켜며 오돌뼈를 씹는 여유는 상대의 숨통을 단번에 끊을 수
있는 내공을 감춘 듯했다 그가 술 권하느라고 고개를 들면
모두들 딴 데를 봤다 사람들은 제 눈알 속에 개 혓바닥을
담고 싶지 않았고 그것과 마주친 순간 자기들이 개 혓바닥
이 된 것 같아 진저리를 쳤다 그러면서도 불심지 돋우듯 뭔
얘기가 환하게 커지길 기다렸다 그가 꺼내든 얘기마다 피
비린 살점이 튀리라 사람의 목숨을 저울에 올려놓고 송곳
니 번뜩이는 치사한 것들의 비명 소리가 나사처럼 조여지
리라 이승을 돈지옥으로 만든 종자들이 박살나는 장면을
애태워 기다렸다

    윗니 드러내놓고 웃던 꽃시절이 누군들 없으랴
    죽었거나 소식을 아예 끊었거나
    뎅뎅뎅 안부 전하는 이들의 기억 속에서도
    우린 가지런히 타인되어 있으리니
    나 죽으면 발가벗겨서 시간의 바깥에 묻어주렴
    개 혓바닥은 흐린 불빛을 접시에 썰었다

만남

들몰댁은 또렷하게 나를 기억했다
찜질복 아래 드러난 살진 무릎이 희디희어
내가 되레 무안했다 뭐 하고 사냐
자식은 몇이냐고 묻는 말 속엔,

어떤 놈 후리러 왔냐는 삿대질에 몰려 누런 백열전구 아
래 빨래처럼 널브러졌던, 깜밥 달라고 생솔 냇내 묻어 있던
살결에 무작정 뛰어들었다가 그 품에 안겨 소리 죽여 눈물
흘리는 그 품에 안겨 가슴 두근거렸던 사십여년 저쪽이 걸
어나올 채비를 하고 있었다

언젠가 그녀는 코흘리개를 붙잡고
"아비 묻힌 데서 보면 저 멀리 고라니가 보리밭 일곱고랑
을 뛰어넘고 아지랑이가 나비수저로 팔랑팔랑 시냇물을 떠
먹었지야 털비지 근 반 잉걸불 뙤고 옻순에 싸먹음서 무덤
들이 다닥다닥 붙어 있응게 아비는 나보다 덜 심심허겄다
이런 생각도 혔지야" 눈 깔고 얘기할 땐 숨이 가늘어졌다

나중에 알았지만,

전주형무소에 갇혀 있던 아버지가 육이오 직후 소리개재
에서 총살당했다는 것과 그때부터 그녀는 정신이 오락가락
해서 씨도 못 받고 호미품이나 팔며 떠돌았다는 것을, 내가
그녀에게 아무것도 해줄 게 없다는 것도 알게 되었지만

　이런 사정을 다 짐작하는지
　들몰댁은 입을 조금 벌리고 잠들어 있다
　쓰린 속에서 터져나오는 약 기운에 취해
　벼랑으로 달려가야지 살아갈수록 뒤가 허한 공복감을
　보리개떡같이 물고 어금니를 깨물어야지
　한증막 속에서 벌떡증 냈던
　내 엄살을 빨아들이며 곤히 잠들어 있다
　내 어머니였으면 참 좋겠다고 생각했던 들몰댁

저녁나절

영호 성이 허벅지 두께의 은행나무 밑동을 댕강 날려버린 일이 있었다

다섯달 넘게 아시바를 탔어도 간좃돈 나올 낌새가 없던 저녁나절 영호 성이 공고리패까지 모아서 빠루로 아시바 밑동을 자우뚱자우뚱 캐내기 시작하자 십장 뒤에서 반생이 엮는 갈쿠리로 제 목을 득득 긁던 오야지가 총알같이 튀어나왔다 돈도 뺄도 없는 것들이 여그 좃 빨러 왔냐고 굶어디질 것들 밥 처먹게 해줬더니 눈에 뵈는 게 없냐고 아나 목줄 따보라고 심장을 콱 쑤셔달라고 웃통을 벗어부치고 배에 가슴에 칼금을 그어댔다 영호 성이 주춤주춤 뒤로 몰리고 짝 찢어진 눈을 가늘게 뜬 오야지가 자세 낮추며 오른발로 영호 성 장딴지를 아스바리 뜨려는 찰나 으헙! 오야지를 겨냥한 삽날이 댕강 은행나무 밑동을 날려버린 것이었다

그뒤 영호 성은 새벽까지 쫄쫄이 패 말린 꾼처럼 눈 깔고 살았다 해마다 가을이 와도 은행잎 하나 떨어뜨리지 않았다

제2부

입추(立秋)

털이 숭숭 빠지는 올무에 걸려 죽은 고라니를 거름자리에 묻었더니 밤이면 너구리들이 눈에 불 켜고 거기를 파댔다

며칠 전에는 어스름 타고 온 멧돼지 가족이 거름자리 속에 든 지렁이들을 몽땅 뒤져 먹고 갔다

그냥 놔둬도 저절로 자라다 지쳐 저절로 주저앉을 풀섶 튕겨나가며 처마 그늘을 찢어발기는 매미 소리 아무 데로도 못 빠져나갈 것 같다

가을이 저 소리 밀반죽에 이겨 수제비 뜨며 바짝 다가오기 전에 내게도 뒤적거릴 게 있는지 자라다 지친 풀섶을 바라보았다

햇살

마룻장 끝날이 햇살에 긁힌다
진분홍 꽃잎이 깜짝 벗어놓은 비늘 같은
얇디얇은 부릎켜의 비릿함 같은

자디잔 바람이 꽃잎을 펴듯 새촘새촘 꽃잎의 둥근 테를
혀로 감아올린 햇살이 불그죽죽한 귓불을 마룻장 끝날에
비빈다 보리티끄락같이 꺼끌꺼끌한 잔금들 쓸어모으는 내
여자의 눈그늘 안쪽, 목숨도 수세미수염도 못 밀어낸 맨살
같은 눈그늘 안쪽, 그 독방에 들고 싶어서 햇살이 마룻장
끝날에 박힌다

대밭

굶주린 살가지는 어린애 목줄도 딴다지

간을 쏘옥 빼먹는다지

달구새끼들 목을 따댄 살가지 숨통을 끊으려고 지게작대
기 꼬나쥔 밤, 거적때기 숨숨한 구멍을 뚫고 흰나비들이 새
어나온다 누런 댓잎 위에 깔린 흰나비들에 홀려 지네들이
꾀는지 복숭뼈가 가렵다

뉘우칠 일도 까뭉갤 일도 이젠 없다는 듯 아까시꽃에 잉
잉대는 꿀벌처럼 무작정 한세상 빨려들던 날들이 질겅질경
씹히는 밤

오늘이 벌써 며칠째냐, 가뿐하게 싹둑 목 잘리는 꿈자리
마다 두 손으로 움켜댈 만큼 몸허물 떨어지는 그 병증을 양
귀비대 우려낸 물로 다스렸다고 사금파리로 돼지 불알을
까대듯이 피비린 살맛에 묻어 반짝이는 달빛, 달빛

저녁

　동치미무 쫑쫑 채 가시어 고추장 치고 생강대 넣고 된장
치고 양푼밥에 썩썩 비벼 먹는 저녁, 이마에 눈 밑에 흐르
는 땀을 손가락으로 훔쳐대며 된장독에 박은 살얼음 묻은
고춧잎이 입에 개운한 저녁, 문구멍으로 내다본 세숫대야
너머 구정물통 너머 길갓방 아궁이에 활활활 참나무 장작
이 마디게 탄다

입관(入棺)

즈아부지 즈아부지

아덜떨이랑 시렁배미 눈곱배미

억척겉이 지어낼 팅게

눈 펜안히 감으시소잉

몸땡이는 캄캄허게 식었드래도

귀는 열어둔다는디 즈아부지

시방 내 소리 듣고 있지라

입때껏 뼈 빠졌어도

요게 머냐고

술에 곤죽이 되어가꼬

대문간에 고꾸라질 적마다

차라리 디지라고

칵 디저불먼 부좃돈이라도 벌제

무신 년의 복이 요로코롬 휘어졌디야

막 쏘아붙인 거 참말로 미난허요

그거 내 분에

내 숨넘어간 소리였응게

고깝게 생각허덜 말고

후제 거그서 만날 때까장

펜안허소잉

병원 가서 사진 찍어봉게

육이오 때 맞은 총알들이

여태 허벅지에 백혀 있던 즈아부지

거그 가면

징글징글헌 농사 안 짓는당게로

지게바작 우그 거름쩜

암디나 부려불고 가소잉

새벽일에 골병든 즈아부지

고생 많었소잉

뒷방

숫내에 절어 이부자리가 더 납작해진 방

쥐새끼들이 후다다닥 천장으로 내빼면 지푸라기 감긴 개
쓸개에 뽀얗게 가시내가 엉기고 방고래 어디가 콱 막혀 눈
이 매웠다

사는 게 민폐라고 벽에 적혀 있어도 깨소금 덜듯 살냄새
가 그리웠던 방 일용할 양식만큼만 살자는 헛말에 기대어
삐뚜름히 벽에 기대어 하루를 끄덕여도 숫내 맑은 달빛이
창틈으로 새어들었다

새벽종이 울리고 잘살아보자면서 텃논 아홉마지기가 빚
에 넘어갔어도 할아버지는 열살이 될까 말까 한 지지배를
밤낮 끼고 살았던 방

달빛 묻은 코스모스들이 파닥이며 납작해진 이부자리를
골라 딛곤 했다

집 3

굴뚝 밑을 멍석쪼가리로 감아놓은, 천장에서 쥐오줌 냄
새 묻은 쌀을 캐냈던 집

곡괭이자루로 물고를 내며 나를 키웠고 나를 가뒀고 나
를 쫓아냈었다 밥만 먹는 잠만 자는 불 꺼진 집 쪽을 한때
나는 쳐다보지도 않았다 그래도 돌아갈 곳은 집뿐이던가,
돌아올 곳도 정말 이 집밖에는 없는가 손바닥 비비며 치성
드리던 할매가 없어서 살강도 말캉도 채반도 홀태도 구정
물통 여물통도 거무튀튀하다

번갯불이 짜악짝 밤하늘을 빠개먹어도 깡치 박힌 이마빡
에 돈벼락 치는 일은 없으리라 확과 도구통을 달고 목가래
톳 글글거리던 집

검객

　바람과 햇살의 일용직 무사가 되어 공중에 튀어오르는 새소리 골짝물 소리 이냥 베어내는 게 일이지만

　비 올 줄 믿고 오개오개 크다가 오글오글 타들어가는 날들을 다글거리는 자두알 훑어버리듯 우수수 베어버리고 싶지만

　취는 뜯고 고사리는 끊고 두릅은 딴다는 이치 고르게 펴보는 상수리나무 그늘에 잠시 어깨를 기댄다

　바람숫돌에 날을 벼리는 햇살, 닥치는 대로 다짜고짜 베어버리고 싶은 햇살이 넝쿨 뻗는 돔부순을 핥는다

윷놀이

으런 야그허는디 워떤 시러베아덜놈이 흰 삼베바지 불알 삐지디끼 요렇게 삐드러짐서 걸레방구 뀌고 지랄이냐잉 가래침으로 마빡을 뚫어버릴 팅게 허고 자픈 말이 새벽 좆겉이 불퉁불퉁허드라도 쪼매 참어라잉

머라고라? 쑤꾸 들어간 것까장 삼만원이 걸린 윷판인디 시방 우아래 따지게 생겼어라? 옛날얘기 꺼내는 놈치고 제 집구석 부잣집 아닌 놈 읎고, 미나리 새순 겉은 첫사랑에, 니롱내롱 외입질에, 지까짓 거시 열일곱명허고 맞짱 깠다 는 칫수 아닌 놈 읎다더니 워너니 아재도 그 칫수라닝게 단 박에 다섯 모 걸은 따논 당상일 것잉만, 내 참 드러서 똥 쌀 자리가 읎당게

근디 니 말버르장머리가 영 재수빡머리 읎게 진행된다잉 어린 새끼들헌티 아즉 상복 입힐 계제가 못됭게 냅두것다 만, 아줌씨덜이 키 작다고 삐쭉거려도 어느새 홀레붙어 암 캐 꽁무니에 질질 끌려감서도 고개럴 뻣뻣이 들고 그 예편 네덜을 죽여주던 누렁이, 알 품는 씨암탉 물어 죽였다고 당

43

그래로 된통 얻어터져 콧잔등 짜부라진 진돗개 잡종, 너허고 사춘이다고 추어주닝게 니 말 싸가지가 영 좆밥이다잉

시벌, 언지는 아재가 우떨헌티 밑밥 멧밥 챙겨줘봤간디 그려, 허벌창나게 디리 패대기만 헌 아재 눈치 봄서 아즉도 살으란 말여, 저런 순 싹동배기야 시방 처갓집 골방에 왔간디 뫼 허냐? 한발짝씩 언지 욯질을 따라잡겄냐 비까장 오는디 참말로 초상집 똥개마냥 멀뚱거릴래? 나 태어났을 때 머스마냐고 지지바냐고 물어봤다던, 머슴아다고 새 머슴이 태어났다고 고추금줄 쳤다던 그 불쾌헌 추억을 꼬랑창으다 확 처박으라고 혔냐 안혔냐, 디지는 거 아닝게 지내가는 그지가 장관 빽일 중 모릉게 헐 말 허고 살라고 혔냐 안혔냐!

야 이 드렁배기야 내 얘기 들을래 작대기로 허리 걸칠래잉? 시방 내가 옛날얘기 허능 게 아니라 양놈덜 얘기 허잖냐, 긍게 사람이 흙 파먹고 살더라도 알 건 알고 살어야 헌다 이 말여 세빠또건 발바리건 똥개건 양놈덜 조상은 개가 분명허다 이 말여 양놈덜은 만나기만 허먼 보듬어쌓고 빨

어쌓고 핥어쌈서 오도방정 개염병허능 거시 양놈덜 씨년 개가 분명허다 이 말여!

하이고 그려요? 근디 윷 놀다 말고 워디가 개창났간디 양 놈들 똥꼬녁에다 입 처박고 입똥내 풍긴다요잉 쇠털 겉은 날들 다리품 쉬어가라고 모야, 뛰야! 깍쟁이윷에 세월 처박 은 웃거티 개아재, 글먼 뙤개걸윷모 막질로 막 어크러진 우 덜뜰 씨는 뭐다요 개년 꼴래붙으면 고개가 따로따론디, 글 먼 양놈덜은 똥꼬녁으로 붙어먹것소잉?

외박

부엌문짝에 줄금 그어져 찐득거리는 거미줄 떼내고 외통
수에 걸린 놈처럼 납작해진 쥐똥들 쓸어내고

외상장부에 뒤죽박죽 적힌 글씨처럼 말발 안 먹히는 냇
내에 갓김치 없어 저녁 두어술 뜬다

부엌 그을음 벽에 흐린 붓질은 이빨이 죄다 빠진 입속들
이나 거느린 됫박살림 증표로 놔뒀다

아침

들깨 갈아놓은 게 남았다길래 머윗대 껍질을 벗긴다 물을 잘박하게 잡으면 목에 시원할 것이다 잠 달아난 굴뚝새들이 목이슬을 터는지 탱자 가시에 잘게 긁히는지 울타리 안팎이 소란스럽다 누가 죽었다는 기별이라도 오려는가, 할매는 합죽한 입을 오물거리며 말 안 타는 몸뗑이 퍼런 감자알들을 놋달챙이로 득득 긁고 있다

허기

등 훑는 바람이 아궁이에 쏠리자 재 위에 화르르 감기는 불

가뭄 타는 물꼬 맛도 못 봤는지 타다 만 솔갱이를 씨근씨근 지지며 혓바닥 날름거리며 지들끼리 엉켰다가 갈라졌다가 되엉키어 야울야울 타오르는 불

염생이 코 뚫어 쟁기질하듯 솥 엉덩이에 대가릴 냈다 들였다 해대는 불맛에 들려 끈적끈적 대가리 어루만지는 엉덩이살, 꽉 물고 안 놔주는 엉덩이살을 육장 들이받으며 이들이들 자지러지는 불길에 고개 쏠린 김피곤 씨

엉켜 있어도 되엉키고 싶은 징한 허기가 불 속 어디에 숨어 있는지 모르겠다는 눈치다

겨울밤

인민군 들이닥쳤을 때 구장질 했다고 총살 직전까지 갔
다는 외할아버지는 얼굴 닦을 때도 수건 테두리께만 썼다

낭랑하게 심청전을 읽어가는 내 소릴 좋아했지만 뒷박
한량이 된 심봉사가 젖동냥하는 소절을 못 넘기고 코를 골
았다

총질에 쫓긴 노루가 새끼덜을 흔적도 없이 땅속에 묻고
종적을 감추드랑게 흙목욕시킨 것들 캐내어 쎄바닥으로 핥
아주드랑게 목숨이 고인 눈알이 반들반들허드랑게 근디 집
이는 뭐 땀시 손이 뒤로 묶였당가? 외할아버지 잠꼬대가 끼
어들면 동치미 대접에 서걱거리는 얼음 조각을 오도독오도
독 깨물어 먹었다

내년에 쓸 새끼줄 꼬다 말고 광 어딘가에서 눅눅한 담뱃
잎들을 빼내와 목침 대고 때깨칼로 써럭초를 썰었다

군산집

저 쥐알태기만 헌 것 배까티서 먼 지랄을 허다 왔간디 서리 묻은 속살헌티도 퇴짜 맞었간디 들이당창 막걸리 걍 다섯 잔 디리 퍼붓고 황성엣터로 녹슬은 기찻길로 오동동 젓가락 장단을 쳐댄다냐잉

군산댁이 행주를 쥐어짜듯 볼에 팬 반달을 지우며 창밖 나뭇잎들 휘감고 도는 바람 소리에 한눈파는데

워떤 바람 든 무시 반토막 겉은 놈이 가난은 단지 불편헐 뿐이다고 생이빨 까냐엉 장도리로 콧구녁을 들어불랑게 뚫린 주딩이라고 구멍가게 파리똥만도 못헌 소갈머리럴 자꼬 씹어싸면 자다가도 뱃구레에 창나는 법이다엉 시방이 워떤 세상인디 이녁덜이 쪽박 차고 굶어 뒈져도 나넌 성공혀야 허는 오지디오진 세상인디 머시 어쩌고 어쩌?

어이, 왜 또 이려 디질라먼 삼팔선을 못 넘겄능가 호랭이 후장을 못 먹겄냐고! 좆심으로 안되면 혓심으로 붙어봐야 허능 게 인생 아니겄어? 근디 생각을 암만 고쳐묵어도 술허고 담배, 여자는 못 끊겄다잉 어이, 군산떡 여그 새우젓 안 줘? 새우젓 없으면 아무 젓이나 도랑게!

눈알 속에 눈알이 금방 튀어나올 것 같은 아저씨가 쇳독
오른 장딴지를 덜덜거리며 골마리에 치상(治喪)할 돈은 진
작에 아껴놨다고 침 튀는 통에, 저 화면빨 받는 것들 좀 보
랑게 느그는 앞이 훤해서 좋컸다 우리는 앞이 너무 잘 보여
서 앞이 캉캄허다아! 헛바닥 불기는 통에 군산댁과 2차 나
가고 싶던 바람 소리는 깨갱깨갱 꼬리 사리고 말았는데

삐비꽃

수랑둘배미 위 야트막한 산
아재가 생기다 만 눈썹 꿈틀대며 삐비 뽑아주던 데
햇살이 솔가지들 새로 뺨재기 하던 데

식은 풀떼죽에도 땀을 질질 흘리는, 야매로 똥꼬 수술하
고 새살 안 차는, 왼종일 쎄빠지고 고봉밥 천신도 못하는,
때리면 맞고 피 나면 닦고 띵띵 부어오른 데 소주 부어 달
래는, 왜무 막 뽑아놓은 것 같은 고년 종아리에 허천들려
용갯물을 한말은 쏟았을 거라는, 흙째 묻힐란다고 몸뚱이
아무 데나 뼉다구 튀어나온, 어성초 오갈피 똥물에 이골난,
손톱이 때 낀 발톱 같은 아재가 부글부글 통개를 삶았던 데

소나무 그늘도 솥 걸었던 자리도 없어지고
삐비가 허옇게들 쇠었다

52

제3부

새소리

대추나무에 열린
뒤됫박도 더 될 새소리
홑이불에 둘둘 말아 돌아눕는다
사람 몸같이 따순 게 없다고
숨을 토막 내어 깔리는 네 목소리가
문구멍에 이슬 몰리는 새소리에 섞인다
질끈 눈을 감아도 어느새 귓결에 적혀
토막토막 숨을 끊는 목소리
잠 덜 깬 대추나무 마디마디를
새소리가 따갑게 쪼아댄다

풀잎

눈만 깜짝여도 이슬방울들이 또르르 몸을 굴린다 볕 먹은 밭두렁 깔고 이리저리 둥글게 휜 풀잎들이 오선지라도 되는지 알알이 점 찍힌 음표들끼리 깜짝 엉겼다가 갈라섰다가 새소리에 섞여 통통 튀어오르기도 한다

제 몸을 뺨 재듯 죄며 굴러다니는 크고 작은 음표들을 거두려고 풀잎들이 어깨를 쓰윽 펴기도 하지만 밤새 목쉰 사정 너머 굽은 등이 더 휜다

지도학생 상담

어젯밤 그녀를 또 만났다 새치름한 목소리에 갯내 묻어 있던, 살진 바람결이 놀빛 놀빛 치맛귀나 핥아대야 풀에 씻긴 맨종아리를 살짝 들키던, 발바닥 아프대서 목뒤며 등뼈 갈빗대 골골을 지문 찍듯 짚다보면 내 수컷을 물고 눈알이 더 똥그래지던 여자다, 딱 여기까지 썼는데

자기학습 야간점호는커녕 자정 너머까지 술 처먹고 들깨밭 속에 새는 달빛 문질러대다 들킨 네 놈이 쌍으로 불려왔다 먹물같이 캄캄한 구절구절에 밑줄 긋는 것도 공부지만, 지들끼리 쩍쩍 들러붙어 들깻대 밑동 밑동께로 눈살 좁히며 달빛 어크러버리는 것도 공부라는 데 생각이 미쳐 녀석들 그냥 돌려보냈다

어젯밤 그 달빛
금승리(金蠅里) 골짝 골짝에 늑대 울음소리를 불러모으던 달빛
고개를 외로 꼬고 숨 막히던 달빛도 들깻내에 몸을 섞었겠다

입동 무렵

지푸라기 위로 고개 내민 마늘촉들 뉘며 비가 옵니다

물에 불은 좁쌀알처럼 도독이 살 오른 빗방울엔 비린내
가 묻었습니다

마늘촉들도 꼬리뼈에 힘주며 가지런한 맨살끼리 툭툭 불
키어

잇바디 드러낸 달뜬 숨결이 머리맡에 흥건합니다

흥건하게 젖는 비린 목숨 거덜내는 것은 아닌가 싶은데

마늘밭은 낌새도 못하고 차박차박 비에 젖습니다

퇴근길에

숙소 옆에 개를 여러마리 키우는 집 검둥이 목에 감긴 줄이 너무 꽉 조여진 것 같아서 그걸 풀어주려고 다가갔는데 검둥이는 이빨 드러내고 앞발로 버티다 대문 지주목 밑동을 야물게 씹어버렸다 위아래 이빨이라도 부러졌는지 피가 질질 흐르는 잇몸을 핥으며 바들바들 떤다 겁에 질린 검둥이를 껴입고 바들거리는 햇살, 쭈그러진 개밥그릇에 담긴 황당한 햇살이 피 흐르는 잇몸에 박혀 빛난다

접경

저녁 먹으러 가다가 강 건너 황해도 개풍군이라는 못 갈
데를 바라본다 저녁놀 비껴 더 민둥산으로 보이지만 저 골
짝 풀섶 깊숙한 데는 소소리바람에 불린 똘감또개들이 어
미 눈꺼풀 같은 꽃받침 뭉개고 오글거릴 터

강노을에 눈길 빼앗겼다가 깜짝 송곳질해대는 티눈을 성
냥불로 지지는 사내도 저기 있을지 모르겠다 껄보리알같이
툭툭 불킨 놈들 대가리에 성냥골 두어개가 불붙어 재가 되
어 안 떨어질 때마다 발등 뚫고 튀어나올 것 같은 숨막힘을
입 쩍 벌리고 견디는 사내도, 로동신문지 위에 대추밤북어
소주한잔 진설해놓고 축문 읽듯 재배 마치고 놀빛 묻은 이
마빼기 문지르며 말조개 껍데기 한개 삐뚜름히 주워들고
물 빠진 갯벌처럼 쓸쓸해지는 낯빛도 있을 것 같다

몸살이 온 것도 아닌데 막무가내 안 떠나는 것들 등 뒤에
두고 여기 무덤들은 북쪽을 향했더라고 임진강변 검붉어진
풀섶엔 꽃별들이 자잘자잘 박혔다

독방

서 있을 땐 모르겠는데
앉으면 오른쪽 갈비뼈 아래
뭐가 눌리는 느낌이다 위가 커졌나
간이 밑으로 부풀었나, 하긴
멸치 대가리만 남은 술자리에 끼어
생짜로 목이 쉬기도 했으니
그럴 만도 하다고 초저녁 술에
불편한 이력을 비벼 끈다

얼음 풀린다는 소식이
달력에 적혀 있으니 그만 떠돌자고
새벽이 괭잇날같이 눈을 뜰 때면
풀 비린내 묻은 호적(戶籍)을 떼버리고
약봉지와 카드 고지서를 줄줄이 몰고 오는 지하철을
얼마나 더 고개 숙이고 갈아타야
목숨이 편안해지는지
코끝이 시려도 해 뜨는 쪽에 머리를 두었다

비가 오면 어떤 계곡에선가
파리만 한 금 쪼가리가 떠내려온다는
금승리에 나는 자리 잡았다
휴전선 가까운 데까지 올 줄은 몰랐다고
이렇게 징역살이 못 벗어날지라도
시냇물 소리에 귀 씻는 별들 동무 삼아
알몸으로 라일락 향에 다가섰던 날이
또 올 것이라 믿었다
너에게 목숨 걸었다고
날개를 따로 떼어놓고 반짝이는 초침 소리로
떼어놓은 날개를 누덕누덕 기워 입는다

새벽

퍼런 애벌레가 꼬물꼬물 뒷몸을 앞몸으로 밀어내며 창호지에 획을 흘린다

풀섶을 서성이는 시냇물의 잠덧을 뽑아들고 점점 더 두꺼워지는 안개의 숨소리 너머 제 심장을 머리통에 뿜어 올린 맨드라미가 안개 속에 뒤범벅된 금승리 들판 깊숙이 휘어진 돌밭을 조용히 빠져나가는지 어쩌는지

식은땀에 젖은 몸을 벗어버리고 싶은 문창 틈 날빛 틈으로 벌레는 새어나가버리고 한줄로 적힌 물기 밴 글씨들이 흘림체로 새소리에 긁힌다

그해 여름

등에 여드름 짜낸 뒤 거길 혀로 찍으면 잠시 쓰라리다 이래야 손톱독이 빠진다고 혀 댄 자리를 소캐로 누르는 동안에도 매미 소리가 맹렬하게 끼어들었지만 지우개똥 불듯 후후 불어내고 모기를 또옥 떠내듯 여드름 짜내고 거길 혀로 또 찍는다

그럴 때마다 숨구멍들이 더 오므라들고 더하고 빼고 곱하고 나눠도 머리카락만 남는 내 셈법은 더 바짝 오므라들고 야간일 나가려면 잠 좀 자둬야 하잖아? 응짜를 하면 희끄무레 앞섶을 열어 토실토실한 알젖을 물리는 가시내 혀에 데어 구멍이 뽕뽕 났을 여드름 자국을 손끝으로 굴리는 가시내

월남치마에 핀 꽃들 어르는 따옥따옥 따오기가 매미 소리에 파묻히기 일쑤여서 더 목이 말랐지만 끝내 여드름도 못 다스린 입추가 왔다

능소화

가시철망을 빠져나와 송이송이
얼굴 내민 능소화
무덥지요? 뒤꼍 감나무 그늘에
솔바람과 배꼽참외와
시냇물 소리를 쟁여놨으니
맨걸음으로 달려오세요
흰나비 집배원 붙들고
편지를 쓴다

나는 편지 속 주인공이 되어 가방에 뭘 쟁여갈까를 생각
한다 먹다 남은 들기름 반병과 솎은 열무 한줌 작달비에 몰
린 새벽 꿈자리가 세간이어서 기가 팍 죽는다 잠자리 날개
에 소슬바람의 무늬를 잇대어 꿰면 겉옷이며 시간의 체온
만 끄집어내 음표의 색깔을 입히는 참매미 소리 끝내 못 가
져갈 것 같다

가시철망을 빠져나와 송이송이
뙤약볕도 잊어먹은 능소화

보내는 사람 자리에
도라산역 꽉 막힌 철길을 이웃에 둔
당신의 草家,라고 적었다

곶감

민박집 시렁 밑에
띄엄띄엄

한
줄
로

매
달
린

곶

감

들

물기는 죄 빠지고
단맛만 남아
제 몸 줄어든 자리에
뽀얀 분이 올랐다

산문(山門)

곰취 좀 뜯어 먹자고
봄볕 잘 드는 산자락을 헤매는데
송홧가루가 날린다
누가 보내는 연서인지
고개를 드니 흔적은 없고
바위틈에 끼여 크다 만
밑동이 내 허벅지만 한 소나무가 보인다
솔밥들 매달고 쭉 찢어진 가지를
누가 돌로 받쳐놓았다
배꼽 떨어진 삽처럼 막심 못 쓸
저것의 속내
바위틈에 뙈리 트느라고 애깨나 녹았겠다
어디 큰판에 가서 화끈하게 붙어보지도 못하고
눈두덩 푹 주저앉은 날들을
먹잇감에 쫓기던 새벽 꿈자리를 매달고도
맨살에 와 닿는 실바람에 화악 쏠리던 시절이
왜 없었으랴
집 두고도 집 그리워했던

흰머리 늘어나는 머리맡이
밑동처럼 우툴두툴할 거다
누가 캐가려다 못 캐간
저 뒤 켕기는 자세로 두고두고 늙어갈 소나무
아무 말도 못하고 쭉 찢어진 데
송홧가루가 묻어 있다

색소폰 소리

바람 쐬러 호수공원에 왔다가
손가락 물집 으깬 데
담뱃재 발라 쓰린 쾌감을 비비는데
땅에 깔리듯 나직나직
가슴 밑바닥을 긁어대는 색소폰 소리 들린다

저 소리를 신문 뭉치처럼 옆에 끼고 압구정동 봉은사 골
목골목을 뛰어다니며 나는 카수가 되고 싶었다 신문지 잉
크 묻은 옷자락에 잉크 때 전 손을 감추던 내 스무살, 술 냄
새 화장품 냄새 지분거리는 카수들 틈에서 나는 칼잠을 잤
다 선배들은 걸핏하면 바늘로 엉덩이며 허벅지를 찔러댔다
흠칫 소스라쳐 돌아보면 그 소스라친 속소리를 노래로 끌
어내라고 그것이 진짜 바이브레이션이라고 킬킬댔다

그럴 때면 마음 준 적 없는데도
거기 세 든 색소폰 소리가 목을 조였지만,
아랫배에 힘주고 거울 앞에 서서
소리 낼 때마다 변하는 입 모양을 살피며

고개 숙이고 목구멍을 좁혔다가 넓혔다가
뿜어내는 소리 사이로 새는 숨을 기침을 참으며
얼굴 일그러뜨리지 않는 연습을 했다
소금물로 목을 헹구고
트이다 만 목을 감싸고 죄는 소리
배를 등에 붙이고 똥구멍을 올려 붙여서 내는
목마치는 소리 밑동을 파며
밤하늘에 점점이 박힌 별들 밑동을 파며
고향산천이 절로 보여도
아무나 보고 싶지 않았다

입에 남은 커피에 엉겨 담배 맛만 또 쏠리던, 눈물도 따스
했던 그 봄날의 색소폰 소리가 나직나직 땅에 깔린다

넝쿨장미가 필 때

　조롱박으로 물을 또옥 뜨는 맑은 소리를 가시내는 볼에
문지르고 싶어했다

　헝겊 쪼가리를 세로로 접어서 책상 틈 벌어진 데 끼우는
손끝에 수초들 발목을 헤적이는 동진강 물살이 반짝였다

　갯바닥에 종종종 난 물떼새 발자국을 편지지처럼 접었다
폈다 하면서 갯비린내 묻은 바람을 내 손에 쥐여주고 싶어
서 가시내는 저렇게 볼이 발개졌을까

　아버지 가실 때 보니깐 수의엔 아예 주머니가 없더라고,
주머니가 한개 달렸다면 그 속에 나를 담아갈 거냐고 가시
내는 따지듯이 물었다

　깜짝거리는 가시내의 깊은 눈망울 속에 곧장 꽂히고 싶
었다 창밖에 가시내 볼을 못 지운 넝쿨장미들이 짜웃짜웃
피었다

풍경 속의 그늘

　월롱역에서 기차를 타고 신촌까지 오는 동안 눈곱도 안 뗀 어린것의 눈망울 같은 숲을 보았습니다 비탈진 철둑에 떼지어 앉아 붉은 젖을 꺼내던 엉겅퀴들 옥수수밭 고랑을 쏜살같이 내달리는 장끼도 보았습니다 언제 저런 풍경이 내 마음속에 들어와 있었나 깜짝 당혹스러웠으나 모른 체 무릎을 세웠습니다 발목 한쪽을 내준 날을 자리에 간 이들은 철길 옆에 쑥갓꽃처럼 흰나비를 데리고 있었습니다 벼랑에 내몰지 못해 안달했던 날들 덜컹거리며 기차는 달리고 당신이 보고 싶어 입술에 생긴 물집이 으깨지도록 어금니를 꽉 깨물었습니다 오래오래 내 곁에 머물 당신께 이별이 더 많이 적힌 가슴을 오려 보내고 싶었습니다

제4부

낫질

놔먹일 때가 있으면 옭아맬 때가 있다는 말은
이 배롱밭을 두고 한 말이렷다
봄 한철 버려뒀어도 거름기가 남았는지
명아주 왕골풀까지 거느리고
창검 번뜩이는 망초대 십만 대군을
조선낫으로 쓰윽쓱 쳐나간다
목이 타면 요놈들
잘린 모가지에서 뿜어져나오는
흰 피를 마시리라 햇살 되받아치며
퍼붓는 화살 십만발은 바람이 집어 먹으리라
한세상 겉돌았다고 목쉬는 장끼 소리를
부적(符籍) 삼은 지 오래이니
마스크로 표정 감추고 천지사방에 창궐한,
땅에 남은 마지막 피톨까지
쪼옥쪽 빨아 먹는 흡혈귀들
깡그리 씨를 말리리라
눈알 속 쓰린 땀을 찍어내며
마음 다잡고 망초대 쳐내는 이 자리가

내 치표(置標)라고
목숨 걸고 출렁이는 곳에서 죽고 싶은
초여름이 적막하다

입동(立冬)

눈비 들이치면 무를 못 먹는다기에
텃밭 귀퉁이를 판다
삽날에 찍혀 달아났다가 절뚝절뚝 되엉기는,
덜 마른 시래기 타래에 튕겨나온 햇살이
무 구덩이 맨흙 위에 쏠린다
아작아작 씹혀도 몸뚱이밖에 없는 요놈들 자리
햇살을 골고루 펴서 깔아야겠지
고뿔 들지 말라고 흙으로 봉을 올리고
짚으로 두툼하게 덮어주리라
흙에 검불이 섞이면 무가 썩는다기에
삽날에 들러붙는 검불을 떼어낸다

낚시

낚아채자마자 패앵! 낚싯줄이 쏠려 꿈틀댄다
끝대가 금방 부러질 것같이 휜다
앞뒤 안 가리고 치닫다가
제비똥 섞인 깻묵에 덥적 물려
짜식은 이쪽저쪽으로 대가리 처박는다
그럴수록 바늘은 더 깊이
살 속을 파고들 터,
쓸개간장 녹아나도 쌍심지 켜고
먹어야만 사는 숨통을 조이리라
박살난 꿈을 파닥거리다 식을 저 몸부림이
어쩐지 남의 일 같지 않다

소서(小暑)

공동변소같이 문짝이 다닥다닥 붙은 집에 방을 얻어 여름을 났다 해가 지면 쪽창 거미줄에 맺히는 음표들을 쇠추 달린 대저울로 달아서 치부책에 적듯 시간이 지져낸 오돌토돌한 흉터들을 곰곰이 만져보기도 했다

못통을 찬 아버지는 민사재판에 이겼어도 갠 날이 없고 밥티 묻은 가지를 깨소금장에 무친 걸 좋아했다 은행원들에게 점심장사라도 허닝게 밥 먹는 줄 알라고 어머닌 자주 오남매 입을 막았다 밤인 줄도 모르고 참매미 소리는 멀건 감자국같이 흘러넘치고 내일까지 수업료 안 내면 제적이래요, 제적 이러면서 동생들 목소리도 흘러넘치고 공사장에서 철근을 멨던 내 몸엔 땀띠가 올랐다 밤하늘에 총총한 별들처럼 몸 아무 데서나 톡톡 쏘는 땀띠를, 기왓장 조각으로 긁어댔던 밤들을 닭 모가지처럼 확 비틀어버리고 싶었다

때론 흉터가 끼닛거렸다고 공동변소 같았던 날들을 돌아누워도 마음속 꽃눈 틔우다 덜 탄 토막들이 서걱거리며 별처럼 반짝였다

문살

외갓집 뒷방 문살은 대나무를 쪼개
낫으로 납작하게 민 것이다
긴 대는 위에서 아래로 내리질렀고
짧은 대는 둥근 풀잎처럼 그냥장 휘어져
간신히 문살 시늉을 하고 있다
문틀은 네모났으나 휘어진 문살이 만든 칸들은
귀 떨어진 채여서 둥글게도 보인다
배가 불룩해서 애 밴 여자 같다
어린것 잠짓이 왜 고로코롬 사납댜?
습자지를 문창에 비춰가며 외할매는 담배를 말고
무릎 사이에 두 귀를 파묻은 당신 머리빡으로
우수수 쏟아져버릴 것 같은 문살들
달빛이 튕겨나가며 댓잎 무늬를 쳐댄다
삼베 이불 위에 깔린 댓잎 무늬를 베고
문살마다 푸르스름한 비린내가 묻어 있다

한낮

이마빡 벗어지게 날 뜨건디
워딜 까질러댕길라고 옷을 또 챙겨 입냐고
어머니는 부채를 확확확 부쳐댑니다
물 나는 자리 앉지 말라고 갈쳐놓응게
평생 마음이 배까티 있던
즈아부지가 앉었던 자리만도 못허다고
언지나 고실고실헌 디서
옛날얘기 험서 살지 모르겠다고,
고구마순 껍질 벳겨서 장에 내다 판 돈으로
수의 장만해놨응게 농 위에 두면 오래 산대서
농 밑에 보따리 져놨응게 숨 꼴까닥 넘어가면
고이 입혀 묻어달라고 어머니는 숨도 안 쉬고
앞산 꼭대기를 넘어갔습니다
「동물의 왕국」을 봉게
짐승들은 하루 네시간만 일험서 평생을 살든디
어찌서 나는 그 몇천배를 일혔어도
빼꼼헌 날이 말라비틀졌디야잉, 근디
에라잇 풀떼죽도 못 얻어 처먹을 똥강아지야

82

새 신발짝을 또 물어뜯어놨네잉
어머니 타박이 애먼 똥강아지로 옮겨간 사이에도
라디오에서 흘러나오는 나훈아의 「해변의 여인」이
귀에 쏘옥쏙 박혔습니다

마늘

심어만 놓으면 먹을 줄 알았더니 그게 아니다 지푸라기 개똥 생선 토막들 흐질부질한 속에 가뭄 속에 삭달가지같이 마늘들이 말라비틀어졌다

확 갈아엎자고 닭똥거름 새로 내어 괭이질하자고 왕돌로 묻어두었던 실장갑을 꺼내려 드는 후텁지근한 바람

큰돈은 만져보지도 못하고 끝전에 뒨전거렸던 자리, 눈매도 매운맛도 깊어지긴 글러버린 마늘들이 눈꼴신 것들 못 이겨먹은 내게 책임을 묻느라 빼빼 말라 타죽는 것 같다

콩 베기

콩들이 반 넘게 쏟아졌다
콩대 밑이 까맣다
이미 쏟아진 것들을 어쩌랴
반의반만 남았어도 고맙다
낫으로 조심조심 콩대를 베는데도
빈 깍지들 무색하게
주르르 쏟아지는 콩알들,
말도 못해보고 미리 쏟아져버린
내 청춘처럼 아깝다

못난이 철쭉

돈이 될 만한 것들은
죄다 뽑혀나가고 밭엔
밑동이 갈라졌거나 삐삐 말랐거나 얼어 죽은
못난이 철쭉들만 남았다
얼어 죽은 것들은 그렇다 치더라도
새순 돋아나는 것들을 갈아엎기 아까워
할아버지 산소 뒤에 옮겨 심는다
쇠스랑으로 고랑 긁어낸 자리
돈줄 말라버린 자리에
못난이들끼리 바짝 붙여 심는다
발 뻗느라고 두어달 몸살이야 하겠지
고개 숙이고 낯가리는 놈들도
곧 죽을 것만 같은 놈들도
제 명줄만 믿고 죽자 사자
끙끙대는 놈들도 있겠지
그래저래 땅맛을 알아가면서
못 팔린 몸뗑이들끼리
소주잔을 건넬 모습도 보인다

산소나 지킬 못난이들을
봄바람이 꾹꾹 밟으며 지나간다

사과밭

사다리 타고 올라가서
탄저병 걸린 사과알들 따낸다
작년 그끄께와 다르게
아줌마들 품 사서 솎아낼 만큼
사과가 종알종알 달렸었는데
초여름에 멧돼지 가족 들이닥쳐
가지가지 죄 찢어놨다
잘라낼 것 잘라내고 동여맬수록
발길 옮길수록 오만정 다 떨어지는 엉망진창도
먹고살려는 녀석들 몸부림도 눈에 아팠다
주둥이로 앞뒷발로 닥치는 대로
파헤치고 찢어발겼을 몸부림이
이 사과밭만이랴
그루마다 몇개 안 달렸지만
가지마다 밥알처럼 툭툭 불킨
내년에 필 꽃눈들에 나만 속으랴
탄저병과 잎마름병과 땡볕이 어울린 사과밭
사다리 그만 좀 내려가라고

꽃눈 다치겠다고 더운 김 뿜어내는 사과밭
무성한 풀 예초기로 족치며 멧돼지 안 탄다는
전기목책을 신청할까 말까 망설이며
망설이며 나는 사과농사꾼이 되어가리라

써레

올여름은 일 없이 이곳 과수원집에 와서 꽁짜로 복송도
얻어먹고 물외순이나 집어주고 지낸다

아궁이 재를 퍼서 잿간에 갈 때마다 아무짝에도 쓸모없
다고 잿간 구석에 처박힌 이 빠진 써레에 눈길이 가곤 했다
듬성듬성 시연찮은 요 이빨들 가지고 논바닥을 평평하게
고르긴 골랐었나 뭉텅뭉텅 빠져나간 게 더 많지 않았겠나
이랴 자라! 막써레질로 그래도 이골이 났었겠지

창틀에 뒤엉킨 박 넝쿨들 따로따로 떼어 뒤틀린 서까래
에 매어두고 나도 이 빠진 한뎃잠이나 더 자야겠다

비늘구름

땀에 젖은 셔츠를 짜 입어도 그때뿐이라고 바람은 자꾸 은행잎 뒤를 까댔다

푼, 치도 모르고 논밭 눈금을 짚어가다가 쪼간쪼간 목숨이 닦달당하는 무더위를 매미 소리가 작신작신 두들겨 팼다

비늘구름도 어서 집에 가서 눈 좀 붙이고 싶지만 이 골짝에 버스는 와야 오는 거다, 서두르지 말자고 손금이나 펴보다가 가뭄 타는 콩밭을 바라보는 여기가 제 삶의 어디쯤인지 궁금한가보았다

까대도 까대도 확 뒤집어지지 않는 은행잎 뒤를 헛발질로 육장 까대는 바람쯤 되나 평수 못 넓히는 매미 소리쯤 되나 자축인묘를 짚어보는데 들배지기 피하자마자 발목 접질렀는지 바람은 은행잎 따라 숨을 깔딱댔다

또랑길

동진강 가는 또랑길
보릿대 태우는 냇내가 무덥다
내 손바닥 잔금들이
소쿠리 바닥 찍어놓은 것 같다고
쫑알대는 지지배를 따라왔던 길,
논고랑에 튀는 가물치를
삽날로 찍어냈다는 말에
갯버들 속에 물떼새들이 푸드덕
날아오르던 길, 아이 깜짝야, 니가 시켰지
너 이담에 뭐 될라고 그러냐?
내 겨드랑이 깊숙이 박힌 날갯죽지를
지지배는 다짜고짜 끄집어내려 들었고
노을 깔리는 강둑길에 지지배를 업고
갯내 짠내 뒤엉킨 뻘밭 속에
나는 푹푹 빠지고만 싶었다
와리바시로 쌈장을 찍어 바람벽에 써보던 이름
동진강 둑길에 깔리던 달짝 같았던 시간을
나는 자살처럼 아꼈다

너 이담에 뭐 될라고 그러냐 쫑알대는 목소리가
동진강 가는 무더운 또랑길에
풀잎처럼 자꾸만 둥글게 휘어진다

그

허구헌 날 방구석에 처박혀
뭘 하는지 알 수 없었다
보험회사를 다녔다는 말도 있고
중고차 매매센터를 했다는 말도 있지만
어떤 말도 그의 뒤를 다 캐지는 못했다

태풍 볼라벤이 과실을 싹 쓸어간 뒤
풀밭인지 콩밭인지
가늠이 안 가는 산밭에 그가 나타났다
시키잖은 풀을 뽑기 시작했다
밭고랑에 무릎 잇대고 뽑은 풀들
뿌리째 뽑혀서 시들시들해진 것들을
푹 썩어서 거름 되라는 듯
콩대 밑에 깔고는 했다
그래도 콩밭인지 풀밭인지
가늠 안되기는 매일반이었다
풀을 뽑다가 뽑다가 그야말로
흙좆이 된 그도 지쳤는지

허리를 쭉 펴며 한 말씀 내놓는다

"풀 말고도 뽑아버려야 할 것들이
이 세상에는 꼭 있는 것 같당게"

가을

심어봤자 돈도 안되는 거 또 심어놨다
안 심는다 안 심는다 해놓고도
빈 밭으로 묵히는 게 죄로 갈 것 같아서
기어이 심어버리고 만 고구마밭 뒤마지기가
그게 무슨 일거리랴마는
마음 딴 데 두고 손짓하는 구름
상수리잎에 묻어 반짝이는 햇살이
구절초 꽃잎처럼 가슴에 적혀
가을은 고개 숙이고 땀을 식혔다

내상(內傷)의 침묵을 깁는 일

문신

1

4월에는 괜히 우쭐해져서 여기저기를 기웃거리게 된다. 삐걱거리는 낡은 자전거라도 끌고는 좁다란 골목을 이유 없이 배회하고 싶어진다. 더러 낮은 담장 너머 내걸린 빨래에 시선을 두었다가 해진 소맷자락을 애써 외면하기도 한다. 하지만 외면한다고 잊히는 건 아닌 모양이다. 낡은 자전거 바퀴살에 와서 치앙치앙 부서지는 햇살처럼 자꾸만 눈언저리를 누군가의 낡아버린 것들이 아프게 찔러댄다. 그래서인가. 4월에는 저마다 조금쯤은 눈가가 짓무르기도 한다.

이병초 시인의 세번째 시집 『까치독사』를 4월 이야기로 혼자 읽어보는 것은 그러한 내심(內心)에 균형을 맞추기 위

97

함이다. 우쭐과 짓무름 사이에 발생한 4월의 낙차를 오롯이 견디어보고 싶은 것이다. 아…… 그러나 이 현기증을 어찌할 것인가. 아무래도 4월이 못내 좋아서 그만 까무러쳤으면 싶다. 먼 데서 낯선 울음이 불쑥 4월로 끼어들어 작년 재작년의 4월을 복기할 것만 같다. 이런 생각이 든 바에는 아예 그의 지난 시편들을 들추어보는 것도 이 시기를 버티는 한 방법일 것이다. 엘리엇의 시구처럼, 4월은 죽은 땅에서 라일락을 피워 올리는 가장 잔인한 달이므로, 지난 시절의 울음흔(痕)으로 4월의 역설을 오롯이 견디고 있는 그의 시를 읽는 일은 조금 덜 짓물러지는 일이 될 터이다.

　　수첩이나 봐야 생각나는 이름이 있다 어디서 뭐 하고 사는지 궁금해진다 나는 누구의 수첩 속에서 궁금한 이름이 되어 있는가

—「묵은 수첩을 보며」 전문

이병초 시인의 첫 시집 『밤비』(모아드림 2003)에서 접어두었던 갈피를 다시금 펼쳤다. 시가 짧은 탓에 여백이 많은 그 페이지가 못내 허전했던지 이런 메모를 해두었다. "나는 평생 수첩 하나 갖지 못했으니, 남 탓할 거 하나도 없겠구나." 그러나 십년 세월을 훌쩍 건너 새롭게 읽어보니, 이렇게 능청스러울 데가. 누군가를 궁금해하는 일과 누군가

나를 궁금해할까 궁금해하는 일의 등가적 교환성을 이제야 깨닫는다. 뒤늦게 흐리고 둔하기만 한 눈썰미를 오래 탓해본다. 비로소 같은 시집에 묶인 「우표」 한 구절의 표정을 실감한다. "잔돈 바꾸느라고/그냥 사 둔 우표가/열 장도 넘는다"는 생활의 행색이 딱 이병초 시인의 육성이다. 그는 하고 싶은 일(잔돈 바꾸는 일)을 위해 적어도 윤리적인 도리(우표 사는 일)를 먼저 챙기는 사람이기 때문이다.

2

어쩌면 계면쩍기도 했을 이 교환의 형식은 잊고 있던 어떤 "이름"을 불러내는 데에도 동일하게 적용된다. 그냥 "어디서 뭐 하고 사는지 궁금해"도 좋을 일을 굳이 "수첩이나 봐야" 하는 (윤리적) 형식을 앞세운 것은 그 때문이다. 그리운 사람이나 보고 싶은 사람을 꼭 그런 식으로 불러내야 옳겠는가. 불쑥 떠올려서는 궁금해하고, 무작정 전화를 걸어 잘 지냈느냐고 물어보면 안되나?

저 초록색 갈피를 뒤적거리다보면 그 속엔 알 품는 까투리가 친정집 주소 적으려다 솔가지 못 빠져나간 반달을 베낄 것 같고

축축한 겨드랑이 말리며 열차 바퀴 소리를 가만가만
재우던 채송화는 어디에 피었나 깜짝 마실 나왔다가 연
둣빛 부리를 내민 옥수수알을 반갑게 쪼아댈 것도 같고

—「봄산」 전문

그러나 어쩌랴. "저" 하고 잠시 머뭇거리며 자기 사유와
감각 그리고 대상 사이의 거리를 재보는 그의 어법이 매력
적인 것을. 이 거리재기 속에 이병초 시인의 방법론이 있다.
그는 만물(萬物)과 만상(萬象)과 만사(萬事)와 만인(萬人)의
속사정을 살피는 데 그다지 명민한 재능을 지닌 것 같지는
않다. 그러한 일에 빛나는 감각을 발휘하는 사람들은 어떤
'촉'을 지녀야 하는데, 그는 그러한 사회생리학적 눈치에는
무심하다. 조금 부풀리자면 우직하다는 말을 할 수 있겠고,
반대의 경우라면 사회적 감각이 무던하다고 할 것이다. 또
하나, 눈썰미 좋은 사람은 짐작하겠지만, 그는 거리를 두고
뭔가를 베껴내는 데 탁월한 감각을 발휘한다. 여기서 베껴
내기는 '복제하기'가 아니라 '복기하기'라는 의미에서 그
렇다. 그는 우리의 생활을 다시 살 수 없는 유일한 것으로
바라보고 있으며, 그 유일함으로 인해 우리의 삶이 가치 있
고 아름답다고 견결하게 믿고 있기 때문이다. 다시 말해, 그
는 복기하는 행위가 추억이나 기억을 소환하여 과거를 '다
시 사는 일'이 아니라 현재를 '유일하게 사는 일'이라는 사

실을 알고 있는 것이다.

이 점은 이병초 시인이 첫 시집에서부터 줄곧 견지해온 시적 자세이다. 복기하기가 삶의 새로운 진실을 발견해내는 일이라는 인식은 그의 현실적 모습과 한치도 다르지 않다. 이를테면 그는 이런 생활 감각을 지닌 사람이다. 오전 열시 무렵 그가 전화를 걸어온다면, 필시 우리는 어젯밤 함께 술자리에 있었다는 뜻이다. 그는 술자리에서 노래를 즐기는 편이다. 그의 노래는 술자리의 흥을 한껏 돋우어내지만, 대개의 경우 꽤 심각한 가사일 때가 많다. 그래서 그는 자주 목청을 높여야 했고, 고조되는 대목에서는 주먹을 부르쥐곤 했다. 더러 탁자 모서리를 움켜쥐기도 하지만, 열에 여덟번은 옆자리에 앉은 사람의 손목이나 허벅지를 야물게 쥐어짠다. 그럴 때마다 이런 생각이 들기도 한다. 그는 저 긴밀하게 모여드는 아귀의 힘으로 시를 쓰는 것이 아닐까?

이병초 시인이 전화를 걸어오는 이유는 이 같은 간밤의 술자리를 복기하기 위함이다. "신아, 잘 들어갔냐?"는 안부로 시작하는 그의 화법에도 단단한 아귀힘이 들어 있다. 게다가 그는 거의 예외 없이 이편의 이름을 꼭 불러준다. 그러고는 술자리에서 혹시 마음 상한 일은 없었는지 묻는다. 서로의 기억을 하나씩 대조하듯 천천히 간밤의 일을 복기하고는 이런 말로 전화를 끊곤 한다. "담에 또 보자잉." 이러한 그의 육성을 듣는 일은 「봄산」에서 본 것처럼, 온몸으로 알을 품는 까투리가 반달을 베끼는 일과 다르지 않다. 그럴 때 까투리의 육체성과 그것을 옮겨 적는 시인의 방법론은 온전히 하나가 된다. 말하자면 그는 '온몸'으로 시를 쓰고 있는 것이다. 따라서 그가 복기하는 생활이 이 '온몸'의 다양한 상처들임을 쉽게 간파할 수 있다.

> 산과 산 사이 작은 마을 위쪽
> 칡넝쿨 걷어낸 뒤뙈기를 둘러보는데
> 밭의 경계 삼은 왕돌 그늘에 배 깔고
> 입을 쩍쩍 벌리는 까치독사 한마리
> 더 가까이 오면 독 묻은 이빨로
> 숨통을 물어뜯어버리겠다는 듯이
> 뒤로 물러설 줄도 모르고 내 낌새를 살핀다
> 누군가에게 되알지게 얻어터져
> 창자가 밖으로 쏟아질 것만 같은데
> 꺼낸 무기라는 게 기껏 제 목숨뿐인 저것이
> 네 일만은 아닌 것 같은 저것이
> 저만치 물러난 산그늘처럼 무겁다
>
> ──「까치독사」 전문

표제작인 이 시에서 눈에 띄는 것은 "창자"이다. 그것은 "누군가에게 되알지게 얻어터져" "밖으로 쏟아질 것만 같"

다. 충실하게 시를 읽어온 사람이라면, 이러한 상황이 보여주고자 하는 속사정을 어렵지 않게 짐작할 수 있을 것이다. 이 시의 전언이 동시대의 시적 생태계가 구축하는 문법에 비교적 충실하기 때문이다. "창자"로 주목된 온몸의 "목숨"을 지키기 위해 "입을 쩍쩍 벌리"고 "독 묻은 이빨"을 드러내는 '까치독사'의 사정이 절명의 순간에 닿아 아주 위태롭다. "기껏 제 목숨뿐인 저것"이라는 시선이 그것의 위기감을 증폭시킨다. 그러나 '까치독사'를 향한 시선은 이내 방향을 전환하는데, 전환된 지점에서 포착된 대상은 바라보는 시선 자체이다.

우리는 이러한 예를 알고 있다. 그리스 신화의 나르키소스는 물거울에 비친 자신을 욕망의 대상으로 바라보았다. 우리는 그 같은 자기탐닉의 결과가 어땠는지도 잘 안다. 그러나 이병초 시인은 나르키소스의 탐닉과 몰두를 분별없이 답습하지 않는다. 그는 능숙하게도 "저만치"라는 거리재기의 감각을 작동시킨다. 이럴 때 서정시는 자기기만에 빠지지 않고 적정하게 대상화된 자기 사유 혹은 자기 감각을 드러낼 수 있게 된다. 그래서일까? '까치독사'의 쩍쩍 벌린 아가리에서 연상되는 장면이 여럿 떠오른다. 밀레니엄이라는 말이 유행가처럼 흘러다니던 무렵, 이병초 시인은 정말로 생활에 "되알지게 얻어터져" 창자를 다 쏟아버리고 살았다. 그가 그 시절을 어떻게 복기하고 있는지 잘 모르겠지만, 그 무렵 그는 잔뜩 독 오른 한마리 '까치독사'임에 틀림없었다. 누구든 걸리적거리는 것이 있으면 "숨통을 물어뜯어버리겠다는 듯이" 자주 노래했으며, 또 "저만치 물러난 산그늘처럼 무겁"게 쓸쓸한 뒷모습을 보이기도 했다. 단순히 생활고를 비유하는 차원에서만 그렇다는 뜻이 아니다. 어쩌다 핏발 선 눈으로 노래하는 모습을 보면 그는 영락없는 '까치독사' 그것이었다. 그러던 그가 정말로 "제 목숨"을 "무기"처럼 꺼내들고 시를 쓰기 시작했고, 생활을 상대로 날카로운 이빨을 드러내기 시작했다. 그리고 이제는 그것들의 울음혼을 복기하는 중이다.

바늘로 닭 피를 찍어
이마빡에 새겼다는 개 혓바닥 문신은
평소 아무 티가 없다가
술기 오를수록 벌겋게
맹독을 문 저주처럼 또렷해졌다
왜 하필 개 혓바닥이냐고 누가 묻자
옛날엔 전쟁터에서 제 시체 잊어먹지 말라고
먹으로 바늘뜸 뜬 게 문신이었다고
꼭 만나자는 약속도 없이
헐수할수없이 떠내려보낸 게 사람뿐이겠냐고
귓속에 자리 편 새소리

댓잎에 베여 사각거리는 바람 소리를

개 혓바닥처럼 쭈욱 들이켰다

— 「문신」 부분

  복기하는 인간이 반성하는 인간과 다른 점은 이것이다.
반성하는 인간이 자신의 '행위'와 그 '결과'의 인과적 결합
에 물음표를 붙여 새김질한다면, 복기하는 인간은 '행위자'
와 그러한 행위를 가능하게 한 '내적 동기'를 다시금 짚어
간다. 범박하게 말해, 반성하는 인간이 발화된 전언을 수습
하는 사람이라면, 복기하는 인간은 내상(內傷)의 침묵을 부
각하는 사람이다. "평소 아무 티가 없다가/술기 오를수록
벌겋게/맹독을 문 저주처럼 또렷해"지는 "개 혓바닥 문신"
은 그러한 의미에서 이병초 시인이 복기해야 하는 내상의
침묵이다.

  이병초 시인은 이러한 내상의 침묵을 깁는 데 일가견
이 있다. 그는 내밀한 언어와 생동하는 언어를 자재(資財)
로 우리 삶의 헐거운 곳, 해진 곳, 쓸린 곳, 닳은 곳, 타진 곳,
올 풀린 곳 등을 잘 기워낸다. 물론 그 솜씨를 감쪽같다고
는 말하지 못하겠다. 직조 기술이 투박한 것은 그가 상처를
깁는 일과 상처를 치유하는 행위가 서로 다른 영역임을 알
기 때문이다. 그는 상처를 기우면서 오히려 상처를 두드러
지게 한다. 상처를 아예 기운 흔적으로 대체하여 전면에 내

세운다. 그것이야말로 침묵하는 내상을 향한 최선의 애정임을 알기 때문이다. 그런 연유로 그의 시에는 상처를 기운 흔적들이 부끄럽지 않게 나타난다.

이를테면 "어떤 놈 후리러 왔냐는 삿대질에 몰려 누런 백열전구 아래 빨래처럼 널브러졌던"(「만남」) 들몰댁, "으헙! 오야지를 겨냥한 삽날이 댕강 은행나무 밑동을 날려버린"(「저녁나절」) 영호 성, "육이오 때 맞은 총알들이/여태 허벅지에 박혀 있던 즈아부지"(「입관(入棺)」), "인민군 들이닥쳤을 때 구장질 했다고 총살 직전까지 갔다는 외할아버지"(「겨울밤」), "행주를 쥐어짜듯 볼에 팬 반달을 지우며 창밖 나뭇잎들 휘감고 도는 바람 소리에 한눈파는"(「군산집」) 군산댁, "야간일 나가려면 잠 좀 자둬야 하잖아? 응짜를 하면 희끄무레 앞섶을 열어 토실토실한 알젖을 물리는 가시내"(「그해 여름」) 등의 군상(群像)이 그렇다. 그들은 지난 시절 "꼭 만나자는 약속도 없이/헐수할수없이 떠내려보낸" 사람들로, 이병초 시인은 내내 아파서 침묵하는 이들의 상처를 저마다의 육성으로 저마다의 사연과 내력을 낱낱이 노래한다. 이러자고 그는 "압구정동 봉은사 골목골목을 뛰어다니며 나는 카수가 되고 싶었다"(「색소폰 소리」)고 한참 지난 일을 새겨보는 것인지도 모르겠다.

3

그렇더라도 누군가는 지금 "소나무 그늘도 솥 걸었던 자리도 없어지고/삐비가 허옇게들 쇠"(「삐비꽃」)어버린 그 시절을 복기하는 일이 정치적으로 온당한가 묻고 싶을 것이다. 그러나 잠정적으로 그 점만은 서로 묻지 말기로 하자. 지난 시절이란 "물기는 죄 빠지고/단맛만 남아/제 몸 줄어든 자리에/뽀얀 분이 올"(「곶감」)라 있기 때문이고, 이 "뽀얀 분"이야말로 "사람 몸같이 따순"(「새소리」) 인간의 윤리이기 때문이다. 다시 말하지만, 이병초 시인은 소진해가는 생활을 윤리적으로 교환하는 데 최적화된 사람이다. 그것은 "이빨 드러내고 앞발로 버티다 대문 지주목 밑동을 야물게 씹어버"(「퇴근길에」)리는 일과 다르지 않다. 현실의 모순을 자기 삶의 윤리로 교환해내는 방식 속에서 그의 생활은 갱신되고 그의 시는 전개된다. 그의 생활이 그렇고 그의 시가 그렇다는 뜻이다. 그러므로 그는 여전히 정치적으로가 아니라 윤리적으로 '되어가는 중'이다. "너 이담에 뭐 될라고 그러냐 종알대는 목소리"(「또랑길」)가 그에게는 여전히 내상으로 남아 있고, 그는 그것을 시시때때로 복기하며 윤리적 부채를 탕감해나갈 궁리에 여념이 없다.

사다리 타고 올라가서
탄저병 걸린 사과알들 따낸다

작년 그러께와 다르게

아줌마들 품 사서 솎아댈 만큼

사과가 종알종알 달렸었는데

초여름에 멧돼지 가족 들이닥쳐

가지가지 죄 찢어놨다

잘라낼 것 잘라내고 동여맬수록

발길 옮길수록 오만정 다 떨어지는 엉망진창도

먹고살려는 녀석들 몸부림도 눈에 아팠다

(…)

탄저병과 잎마름병과 땡볕이 어울린 사과밭

사다리 그만 좀 내려가라고

꽃눈 다치겠다고 더운 김 뿜어내는 사과밭

무성한 풀 예초기로 족치며 멧돼지 안 탄다는

전기목책을 신청할까 말까 망설이며

망설이며 나는 사과농사꾼이 되어가리라

—「사과밭」부분

"사과알들"을 "탄저병과 잎마름병" 그리고 "멧돼지 가
족"들과 교환하는 일에서마저 이병초 시인은 철저하게 윤
리적이다. "먹고살려는 녀석들 몸부림"이 문득 지난 시절
만났던 사람들의 몸부림으로 읽혔기 때문일 것이다. 그래
서 그는 끝내 "멧돼지 안 탄다는/전기목책을 신청할까 말

까 망설이며/망설이며"“사과농사꾼이 되어가”고자 한다. 오랜 망설임의 순간들을 그는 "바늘로 닭 피를 찍어/이마 빡에 새"길 것이다. 그리하여 그가 마침내 사과농사꾼이 되는 날, 사는 동안 별로 티 내지 않던 그것들이 벌겋게 달아올라 우쭐거리며 우리에게 "이담에 뭐 될라고 그러냐"고 물어오기도 할 것이다. 그럴 때를 대비해서라도, 하여튼, 우리는 뭔가 되기는 해야 할 터인데, 어쩌자고 4월은 벌써 5월이 되어가고 있는지 모르겠다. 그러므로 다 소진되지 못한 4월의 불완전연소를 감히 생활혼(生活痕)이라고 말해도 좋겠다. 그것 또한 침묵의 내상임에 틀림없겠으나, 어쩐지 그것들은 4월 어딘가에서 깜짝 피어난 꽃처럼도 보인다. 환영(幻影)은 아니나 환영임에 틀림없는 이 역설을 이병초 시인은 이렇게 말한다. "때론 흉터가 끼닛거리였다고 (…) 마음속 꽃눈 틔우다 덜 탄 토막들이 서걱거리며 별처럼 반짝였다"(「소서(小暑)」)고. 이 '별'이야말로 이병초 시인이 기워낸 아름다운 '흉터'의 울음혼이 아니고 무엇이겠는가. "마음속 꽃눈"이 내내 되어가고 있는 "끼닛거리"로서의 시가 아니라면 도대체 무엇이겠는가.

文信 | 시인·문학평론가

경기도 파주에 있는 직장과 전북 완주의 집을 오가는 틈
틈이 시를 썼다. 선생질과 농사일 사이로 빠져나간 시간의
흔적을 깁고 때우듯 시를 쓴 것은 아니지만, 숫제 뒷걸음질
인 일상에 내 시가 빚졌다는 사실은 피할 수 없다. 그 빚을
어떻게 갚아야 할지는 잘 모르겠다. 답을 캐려는 붓질 괭이
질이 쉽지 않아도 내 시는 우리 말씨에 엉겨 번지는 사람
냄새를 찾는 데 더 공력을 들여야 하리라.

모두가 겪는 불편한 오늘을 어깨에 두르고 누가 밑불을
틔우는지 별들이 서쪽 하늘에 총총하다.

2016년 4월
이병초

창비시선 397

까치독사

초판 1쇄 발행/2016년 4월 29일

지은이/이병초
펴낸이/강일우
책임편집/박지영
조판/신혜원
펴낸곳/(주)창비
등록/1986년 8월 5일 제85호
주소/10881 경기도 파주시 회동길 184
전화/031-955-3333
팩시밀리/영업 031-955-3399 편집 031-955-3400
홈페이지/www.changbi.com
전자우편/lit@changbi.com

ⓒ 이병초 2016
ISBN 978-89-364-2397-1 03810